Llyn y Fan Fach

Meinir Wyn Edwards
Lluniau gan Morgan Tomos

Bugail oedd Hywel. Roedd yn byw gyda'i fam ar fferm Blaen Sawdde, wrth odre'r Mynydd Du yn Sir Gaerfyrddin. Roedd Hywel a'i fam yn byw bywyd tawel ar ôl i'r tad a'r ddau frawd gael eu lladd wrth ymladd mewn rhyfel.

Bob dydd byddai Hywel yn crwydro'r mynydd i ofalu am y defaid ac, fel arfer, byddai'n eistedd ar lan Llyn y Fan Fach i fwyta'r cinio roedd ei fam wedi'i baratoi iddo.

Roedd Llyn y Fan Fach mewn man tawel ac unig, ac roedd Hywel wrth ei fodd yn gorffwys yno.

Un bore braf o haf aeth Hywel i eistedd wrth y llyn yn barod i fwyta'i frechdan gaws.

"Sdim byd yn well nag eistedd fan hyn ar fore braf. Dyma'r bywyd i mi," meddyliodd yn freuddwydiol.

Ond cyn iddo gael cyfle i gnoi ei frechdan, gwelodd Hywel olygfa a fyddai'n newid ei fywyd am byth.

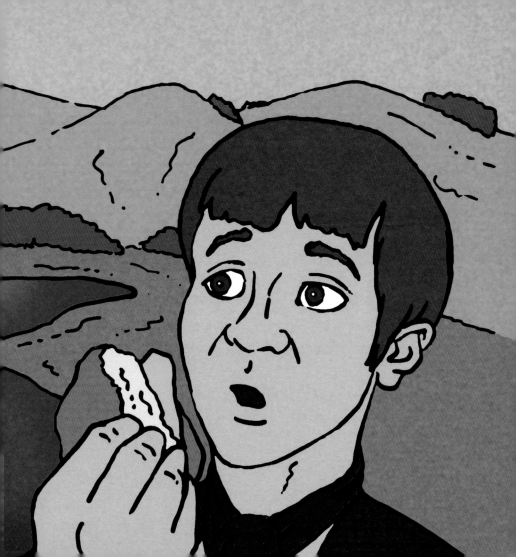

Yn sydyn, ymddangosodd merch yng nghanol y llyn – fel petai rhywun wedi'i chodi o waelod ei thraed a'i rhoi i sefyll ar wyneb y dŵr!

Dechreuodd gribo'i gwallt hir gyda chrib aur, ac edrych ar ei hadlewyrchiad yn y llyn. Gwenodd yn ddel ar Hywel, a dweud, mewn llais bach swil,

"Helô, Hywel!"

"Y? Pwy wyt ti? Ydw i'n dy nabod di?" gofynnodd Hywel yn syn.

"Ga i flasu dy fara di?"

"Y, cei, cei, wrth gwrs," atebodd Hywel yn awyddus.

Torrodd ddarn o'i frechdan, ei roi iddi, ac ar ôl iddi ei gnoi, meddai,

"Ych-a-fi! Mae'r bara'n llawer rhy galed a sych."

A dyma hi'n troi ei chefn a diflannu i ganol y llyn.

Rhedodd Hywel adre, a'i galon yn carlamu.

"O ble daeth hi?" meddyliodd. "Sut oedd hi'n gwybod fy enw i?"

Wrth rasio i'r tŷ, gwaeddodd,

"Mam! Dwi wedi gweld merch yn Llyn y Fan Fach!"

"Hywel, aros funud nawr. Stedda," meddai ei fam wrtho. Ac esboniodd hi wrth Hywel am y straeon am dylwyth teg clyfar a chyfoethog oedd yn byw yn y llyn ers canrifoedd.

"Ond, Mam! Mae'n rhaid i fi fynd 'nôl i'w gweld hi fory eto!"

"Wel," rhybuddiodd ei fam, "bydd di'n ofalus. Iawn?"

Ar ôl noson ddi-gwsg, aeth Hywel at ei waith fore trannoeth, gan gario torth o fara ffres yn ei fag.

Roedd amser cinio yn hir iawn yn dod i Hywel y bore hwnnw. Teimlai ei fod yn gwenu o hyd, ac ni allai aros i weld y ferch eto.

Rhedodd at y llyn ac eistedd. Ac aros. Teimlai Hywel ei wên yn dechrau llithro.

Dechreuodd oeri ac roedd Hywel yn dechrau digalonni pan welodd, yn sydyn, y gwallt euraid yn codi o'r dŵr!

Cododd Hywel, cerddodd yn frysiog i fewn i'r llyn, a dweud,

"Helô eto! Dyma fara ffres i ti heddi!"

"Diolch, Hywel," atebodd hithau, a gwên ar ei hwyneb. Ond ar ôl iddi gnoi'r bara, meddai,

"Ych-a-fi! Mae'r bara'n rhy doeslyd."

A diflannodd eto, i ganol y llyn.

Cerddodd Hywel adre a'i ben yn ei blu. Sut allai wneud i'r ferch ei garu? Penderfynodd wneud torth arall a thrio'i lwc drannoeth.

Felly, amser cinio drannoeth, roedd yn eistedd ar lan Llyn y Fan Fach yn aros amdani.

Ac aros, ac aros.

Dechreuodd nosi ac roedd Hywel ar fin ildio, pan ymddangosodd y ferch yn y gwyll. Rhedodd Hywel ati, rhoi darn o'r dorth iddi, ac ar ôl iddi ei gnoi, meddai,

"Mm! Mae'r bara yma'n berffaith. Fe wna i wraig dda i ti, os gwnei di fy mhriodi i."

Ond... dyma hi'n diflannu eto! Wel!

Yna, gwelodd Hywel hen ddyn a chanddo farf hir yn codi o'r dŵr, a thair merch yn sefyll y tu ôl iddo.

"Os wyt ti am briodi Nel," meddai'r dyn, "rhaid i ti ddewis pa un o'r tair yw hi."

Roedd Hywel mewn penbleth – roedd y tair yr un ffunud â'i gilydd. Eu gwallt, eu llygaid, eu gwên, eu taldra, eu gwisg – i gyd yr un peth! Edrychodd arnynt yn fanwl, a sylwi fod un o'r tair wedi symud ei throed. Dyna'r arwydd iddo!

"Honna yw Nel!" gwaeddodd Hywel, gan bwyntio at y ferch ar y dde.

"Rwyt ti'n iawn," meddai'r tad. "Fe gei di a Nel briodi. Fe gewch chi anifeiliaid gen i'n anrheg. Ond mae 'na amod. Os gwnei di daro Nel dair gwaith, fe fydd hi a'r anifeiliaid yn dod yn syth yn ôl i'r llyn."

"Dim problem!" meddai Hywel. "Fydda i byth yn ei tharo hi."

Cafodd Hywel a Nel briodas fawr. Roedd pawb eisiau gweld merch Llyn y Fan Fach! Aethon nhw i fyw ar fferm Esgair Llaethdy, ger pentref Myddfai.

Ymhen amser ganwyd tri o fechgyn i'r ddau ac roedd bywyd yn braf.

Un diwrnod, roedd Hywel a Nel yn paratoi i fynd i fedydd yn eglwys y pentre.

"Dere, Nel, neu fyddwn ni'n hwyr," meddai Hywel. "Mae tipyn o waith cerdded i'r eglwys."

"Dwi'n gwybod," meddai Nel. "Fydda i ddim yn hir. Aros i fi fynd i nôl fy nghot o'r llofft."

"Wel cer glou, 'te!" meddai Hywel a'i tharo'n ysgafn ar ei braich.

"O na!" llefodd Nel. "Rwyt ti wedi fy nharo i! Rhaid i ti fod yn ofalus, Hywel."

Aeth blwyddyn heibio a chafodd y ddau wahoddiad i briodas. Fore'r briodas, gwisgodd y ddau eu dillad gorau ac i ffwrdd â nhw i'r eglwys oedd wedi'i haddurno â blodau lliwgar y gwanwyn. Roedd pawb yn hapus, yn mwynhau dathlu.

Pawb, heblaw Nel. Yng nghanol y gwasanaeth, dyma hi'n dechrau beichio crio!

"Nel? Be sy'n bod?" gofynnodd Hywel yn syn a rhoi pwt iddi gyda'i benelin.

"O na!" llefodd Nel. "Rwyt ti wedi fy nharo i ddwy waith. Rhaid i ti fod yn ofalus iawn o hyn ymlaen, Hywel."

Roedd Hywel wedi siomi. Roedd yn drist am ei fod wedi anghofio am rybudd tad Nel. Wiw iddo ei tharo hi eto, neu fe allai ei cholli hi am byth.

Ychydig amser wedyn, bu farw hen wraig fach o'r pentref ac aeth Hywel a Nel i'r angladd yn eglwys y pentref. Gwisgai pawb ddillad du parchus ac roedd yn achlysur digalon. Ond yn sydyn, yn nhawelwch trist yr eglwys, dyma Nel yn dechrau chwerthin yn uchel dros y lle!

"Nel, be sy'n bod? Paid â chwerthin. Sh!" sibrydodd Hywel, a'i tharo'n ysgafn gyda'i faneg.

"O na!" llefodd Nel. "Rwyt ti wedi fy nharo i dair gwaith," a rhedodd allan o'r eglwys.

Aeth i Esgair Llaethdy, galw ar y gwartheg a'r defaid, y moch a'r ceffylau i'w dilyn hi, ac fe ddiflannodd Nel a'r anifeiliaid i gyd i ddyfnder y llyn.

Roedd Hywel wedi torri ei galon a bu farw'n fuan wedyn. Byddai'r tri mab yn mynd i Lyn y Fan Fach bob dydd, gan obeithio y byddai eu mam yn dod atyn nhw o ganol y llyn.

Ac un diwrnod, fe wnaeth hi! Cododd o'r dŵr oer a'i gwallt euraid yn diferu.

"Dewch yma, 'mhlant annwyl i," meddai. "Mae gen i neges bwysig i chi."

Rhoddodd becyn yr un i'r tri, ac ynddyn nhw roedd planhigion a llyfrau yn esbonio sut i wella pobol trwy ddefnyddio planhigion a pherlysiau.

Daeth y tri yn feddygon enwog. Gallai Meddygon Myddfai wella pob afiechyd dan haul ac mae eu ryseitiau i'w gweld hyd heddiw yn Llyfr Coch Hergest.

Os ewch chi i Lyn y Fan Fach rhywbryd, cofiwch edrych yn ofalus i ganol y llyn, rhag ofn...

Cyfres Chwedlau Chwim

10 o hen chwedlau a straeon gwerin Cymreig i blant o bob oed!
£1.95 yr un.

Rhys a Meinir
Cantre'r Gwaelod
Dic Penderyn
Gwylliaid Cochion Mawddwy
Maelgwn Gwynedd
Twm Siôn Cati
Breuddwyd Macsen
Branwen a Bendigeidfran
Merched Beca
Llyn y Fan Fach

Hefyd ar gael:

Welsh Folk Tales in a Flash!

Cyfres Chwedlau Chwim wedi eu haddasu i'r Saesneg gan
Meinir Wyn Edwards.

Rhys and Meinir
Cantre'r Gwaelod
Dic Penderyn
Red Bandits of Mawddwy
Maelgwn, King of Gwynedd